Le brigand à quatre mains

Jean-François Chabas

Le brigand à quatre mains

Illustrations de Cassandre Montoriol

Mouche

l'école des loisirs

11, rue de Sèvres, Paris 6e

Du même auteur à *l'école des loisirs*

Collection Mouche

Contes des très grandes plaines

Loi n° 49.956 du 16 juillet 1949 sur les publications destinées à la jeunesse : mars 2012
Dépôt légal : mars 2012
Imprimé en France par CPI Aubin Imprimeur

ISBN 978-2-211-20878-9

Pour ma Nathalie

1

Dans la forêt de Kuatcha, il y a bien longtemps, un marchand et ses deux fils frissonnaient. Ils trouvaient le bois trop sombre, et ils étaient pressés d'en sortir. Tous trois étaient assis à l'avant d'un chariot tiré par un buffle, qu'on ne pouvait faire avancer très vite car, bien que puissant, l'animal était d'une nature têtue et refusait toujours de se presser.

– On dit qu'il y a des voleurs ici, dit un des fils.

– Tais-toi nigaud, répondit son père, la voix tremblante. Tu vas nous porter malheur.

– Ha ! Je n'ai pas peur, moi ! claironna le second fils, qui était le plus jeune, mais aussi le plus bête.

Et il brandit un poignard à large lame, comme pour défier l'obscurité de la forêt. Le père lui donna une tape sur le bras, en chuchotant, furieux :

– Range ça ! Imagine qu'ils soient cinquante, armés d'arcs et de lances ! Oooh… nous n'aurions jamais dû nous aventurer en ce lieu.

Les trois hommes se serrèrent les uns contre les autres ; le marchand jetait alentour des regards inquiets.

2

Le chariot et ses occupants sortirent sans encombre de la forêt de Kuatcha ; une fois que les arbres furent loin, tandis que le buffle longeait une rizière, le marchand haussa les épaules :

– Mes enfants, quelle blague ! Quand je pense qu'il y en a qui ont peur de ces bois !

Ainsi sont les poltrons, qui font les fanfarons une fois qu'ils croient le danger passé. Et il se retourna pour vérifier que ses trésors étaient bien arrimés sous leur lourde bâche.

Il y avait un grand trou dans le tissu.

– Non ! Non, non, non ! Non, non !

Sans même arrêter la marche du buffle, le marchand rampa pour atteindre le trou aux bords déchiquetés. Il vit tout de suite qu'un rouleau d'étoffe précieuse, ainsi que des plats d'argent, avaient disparu. Il poussa encore un cri, où se mêlaient la rage et l'incompréhension.

Les deux fils, abasourdis, se regardèrent. Comment était-ce possible ? On n'avait rien entendu. Quels voleurs, quels brigands, quelles canailles pouvaient être aussi silencieux ?

3

Dans la région, les gens parlaient. On avait affaire, c'était certain, à une bande redoutable. La forêt de Kuatcha était le repaire de brigands audacieux et retors. D'aucuns allaient jusqu'à affirmer – c'était beaucoup plus terrifiant – que ces bois étaient en fait habités par des génies malfaisants.

Que se cachait-il au milieu des grands arbres, les cengals, les palans merbaus, les jelutongs, certains d'entre eux si immenses qu'on aurait pu construire un village dans leurs hautes branches ?

Les paysans qui habitaient tout près de la forêt n'osaient plus s'y aventurer, même pour cueillir des champignons ou ramasser des branches mortes afin d'alimenter leur foyer. La rumeur arriva aux oreilles du sultan, qu'il y avait un endroit où se passaient des choses épouvantables.

Ce sultan n'était pas un homme commode ; il désirait qu'on n'aie peur que de lui. Alors il envoya des soldats dans la forêt de Kuatcha. Des hommes forts, aux casques de cuivre et aux épées de fer.

4

Quand les soldats furent à la lisière du bois, plusieurs d'entre eux se recommandèrent à Allah, réclamant secrètement sa protection, car si ce n'étaient pas des humains mais des esprits maléfiques qui hantaient la forêt de Kuatcha, les armes seraient inutiles. Leur nombre, malgré tout, donnait du courage à ces soldats ; car ils étaient cinquante et avaient l'habitude du combat.

Un tapir, qui passait non loin, émit un drôle de bruit avec sa courte trompe en apercevant la troupe, et cela fit rire les hommes, achevant de les apaiser.

Ils entrèrent dans la forêt. Une route la traversait, où étaient mar-

quées les empreintes des roues de chariots, comme celui du marchand détroussé. Mais les soldats avaient pour consigne de fouiller la plus grande étendue de bois possible, et ils durent se résoudre à s'enfoncer entre les troncs gigantesques. Une musaraigne des arbres effrayée par ces intrus glissa d'une branche, puis tomba sur l'épaule d'un des soldats, qui poussa un cri d'épouvante. Ses compagnons se moquèrent de lui quand ils comprirent ce qui s'était

passé, même si deux d'entre eux avaient été près de s'enfuir en entendant ce hurlement. La musaraigne, quant à elle, s'était déjà cachée entre des racines, tremblante, mais sauve.

5

Les soldats cherchèrent longtemps. Lorsqu'ils découvrirent une grande clairière, où s'étendait une mare aux reflets émeraude, ils étaient épuisés. La transpiration ruisselait sous leurs casques de guerre et gouttait à la pointe de leur nez. Les plastrons de métal pesaient sur leurs épaules. Grognant et soupirant, ils se laissèrent tomber près de l'eau. Au loin retentit le grondement d'un léopard, mais les soldats étaient si fatigués que même le feulement du seigneur tigre ne les aurait pas fait se lever. Et puis, on était sûr, au moins, que ce n'était pas un léopard qui volait tissus, argenterie et autres choses précieuses. Ils étaient là pour débusquer les brigands.

La forêt de Kuatcha envoûte celui qui y séjourne, et les soldats ressentaient une sorte d'engourdissement qui n'était plus désagréable, maintenant qu'ils se reposaient.

Mais un des hommes dit soudain :

– Bon sang ! J'ai perdu ma boucle de ceinture !

Un autre s'exclama aussitôt :

– Ma bourse ! Où est ma bourse ?

Et un autre, encore :

– Qui m'a pris mon agrafe de turban ?

6

À presque chaque soldat, il manquait quelque chose. Ce ne pouvait, bien entendu, être le fait du hasard. Le chef de la troupe lui-même avait perdu un bracelet de bronze ouvragé, qu'il tenait de sa femme. Il se dressa de toute sa hauteur, et brandit son épée.

– Soldats ! On nous a volés ! C'est intolérable !

Las, il était si furieux qu'il n'avait pas vu combien il était près de la mare aux rives boueuses. Il glissa, battit des bras, et eut juste le temps de lancer un affreux juron avant de tomber dans l'eau.

Les soldats occupés à sortir leur chef des eaux émeraude en espérant n'être pas trop disputés, et les autres, qui se tâtaient pour essayer de découvrir ce qu'on avait pu leur dérober, n'entendirent pas l'étrange gloussement qui venait de la forêt, non loin de la clairière, à l'ombre des arbres. Ce n'était rien d'autre que le rire du brigand à quatre mains.

7

La troupe resta trois jours et trois nuits dans la forêt de Kuatcha. Il semblait que la colère du chef des soldats ne s'éteindrait jamais.

Entendant, à l'aube du troisième jour, d'horribles couinements qui dénonçaient une grande terreur, il crut avoir déniché la cachette des brigands ; mais ce n'était qu'une famille de cochons sauvages dérangés dans leur bauge. Le chef ricana nerveusement ; on ne verrait jamais un pourceau, ni un marcassin, porter son bracelet.

Ce qui était à la fois exaspérant et mystérieux, c'était la discrétion avec laquelle les vols avaient été commis. Car enfin, personne n'avait rien vu, rien senti. C'était extravagant. Et petit à petit, à mesure que se dissipait sa fureur, le chef en vint à se demander s'il n'était pas question, ici, d'esprits mauvais. Chacun sait qu'on ne chasse pas un esprit à coups d'épée, de sabre ou de hache. Alors, une crainte superstitieuse envahit le chef des soldats ; ils avaient tous, dans cette aventure, bien plus à perdre qu'une bourse ou un bracelet : et si on leur ôtait la vie ?

8

Les soldats sortirent de la forêt de Kuatcha ; ils étaient à bout de forces. Leur chef, moitié déconfit, moitié soulagé. S'il avait la vie sauve, et que les esprits sournois ne l'avaient pas emporté, il devrait en revanche avouer son échec au sultan ; déjà, il lui semblait entendre les reproches acerbes, les railleries. Il fit au moins jurer à ses hommes de ne répéter à personne qu'ils avaient été volés, car s'il venait aux oreilles de quelqu'un que les soldats eux-mêmes avaient été dépouillés, ils seraient la risée du pays tout entier. Lui raconterait à son épouse qu'il avait perdu le bracelet au cours des manœuvres dans cette immense forêt. Ses hommes pouvaient bien trouver leurs propres mensonges.

Le brigand à quatre mains, perché sur la haute branche d'un kempas, contemplait ceux qu'il venait de détrousser. Il était très tentant, pour lui, d'aller cueillir une dernière babiole sur un de ces hommes ridicules, mais ainsi exposé loin des

arbres, il serait aussitôt découvert, et il n'était pas fou. Il se contenta d'un large sourire, qui découvrit ses longues dents.

9

L'orang-outan n'avait jamais fait de mal à quiconque. C'était un animal pacifique, bien que très puissant, et il savait se tenir à l'écart du léopard, du grand python, ou du seigneur tigre. Il ne se connaissait pas de véritable ennemi. S'il était devenu voleur, ce n'était pas par goût des jolies choses, mais parce qu'il désirait séduire une belle au caractère capricieux. De son nid, construit dans les branches d'un arbre touffu, il avait fait un palais. Le sol et les parois étaient recouverts d'étoffes précieuses, et des objets brillants, d'or, de cuivre, d'argent, scintillaient un peu partout.

Le brigand à quatre mains, après avoir installé ses dernières trouvailles – il pensa que le bracelet du chef des soldats était très élégant, au-dessus de l'entrée du nid –, appela l'élue de son cœur. Celle-ci vint sans se hâter ; elle agissait toujours ainsi, comme s'il y avait eu tant d'autres choses plus intéressantes qu'elle aurait pu faire, plutôt que de rendre visite à son amoureux empressé. Ce dernier lui désigna avec fierté les récents aménagements de sa somptueuse résidence.

10

Hélas ! Quelle chipie, que cette fiancée… Elle n'était jamais contente. Bien sûr, elle était impressionnée par la quantité de merveilles qu'avait amassées son prétendant, mais elle serait morte plutôt que de l'admettre. Pour gagner son cœur, il fallait encore plus. Aussi fit-elle une hideuse grimace au brigand à quatre mains, et s'en fut-elle en se dandinant sur une branche, avant de prendre son envol au bout d'une liane.

Un soupir sans fin s'échappa des lèvres lippues du grand mâle à poils roux. Qu'il était donc difficile de séduire ! Il s'allongea dans son nid, au milieu des étoffes et des ors. Que pouvait-il encore voler pour cette belle qui avait déjà fait de lui un hors-la-loi ? Les amours pouvaient être cruelles. Mais tandis qu'étalé sur le dos il mâchait un fruit, il se dit que les hommes avaient, c'était certain, encore des tas de choses qui plairaient à la chère tentatrice. Et il s'endormit, paisible, bercé par l'idée de la charmante orang-outan qu'il tiendrait un jour contre sa poitrine velue.

L'orang-outan ne parle pas,
parce qu'il est trop sage.
Dicton malais.